上蘄閣老書

山人蔡羽著

柱國戒菴老先生下吏去門下十年仰戀恩私想見風采殊切曩者 舘閣峻絕欲見而不可得兹獲奉明詔蹔休江表如漢二疏故事又蘇潤相去在四百里内謂宜朝聞命而夕奔走也顧窮命之人繫病快快手龜脚攣踦如而不能進不得已令家人先請輙敢布其腹心竊惟羽之得托於門下迹踈而意密形離而趣合其自爲幸豈得比于一二諸生哉世之稱道光德充親爲

帝師海内翕然宗之者代不過一二人而吾師不處其次一介之士得生其時親候顔色不齒于庸人多矣又况親爲之弟子乎處弟子之列有服勤終身不能明厥心術窺厥志趣亦猶胡人與粤人同舟其各自爲懐有邈乎其不相類者也羽與先生别十五年而拜太夫人之喪又十年而爲令之請視朝兹夕兹者有間矣然心領神會有不在于朝兹夕兹者羽之謂也先生有孔孟治世之心而不膠其迹有稷契明道之功而不違乎時秉衡復台以 處親近之地而略無形迹之存志在于安國家利社稷者可以用力遑恤其他其作與處豈與一節之士同謀哉是使衆人疑之而不識舉世非之而不足惟也雖羽之得托于門下獨能無疑乎曰某之學某啓之某之所養某

成之幸矣某某之弟子也其傳必正某某之弟子也其操履不以辱其師亦幸矣既曰某某取巍科者也某某居要路者也朝載而京師暮載而郡國所見多靳公之門人今某雖賢其名不過博士弟子受約束於尊官達人朝程其能暮索其業相雌雄於後生小子之間耳庸何取靳公之門操琴瑟援笙鏞重足而隅席者大抵皆一時之貴而某危冠長衫肅次其列不已厲乎於戲衆人之識則然而周未聞道義也名賢大儒爲世師表其得則時也其不得亦時也以先生之道德文章雖不連高第居禁近取師保金章玉圍有足爲先生損乎以先生之道德文章既連高第居禁近登師保金章玉圍有足爲先生多乎時焉而

已如羽之處窮也厲守戶樞累積歲月不以勢誘不以形驅凡一作一處必歸於道義一悲一喜必發於文章雖不敢自列於古之君子以爲今之吉士庶幾乎而上不見收友不見助無亦曰時焉而已其視翱翔甲科環接要路朝京師而暮邦國者一得一失何足道哉彼翺翔甲科者足以修功一時守夫子之一體如由之果賜之達求之藝皆足以從政而窮守道義發揮文章者其得鳴夫子之盛大夫子之傳死而不朽乎抑不足以鳴夫子之盛大夫子之傳而卒爲弃人也後當有辨之者矣於戲以窮居一介之士而不務揣量乃自謂明其師之心任其師之道而出於一時顯顯者故曰迹跡而意密形睽而趣合也病當

漸巳不久伏門下幸賜毋憪

上王太傅書

羽頓首頓首

柱國老先生下吏不拜節旄有日賤病手龜脚攣幾不能奉几杖令獲間矣曩者草盧之寵挫辱尊重惶恐死罪深山窮谷未嘗識王公貴人一日凌風濤扞霧雨涉草萊以問窮居無聊之士此古人之高致於今世罕見也躬自糞除妻子提挈以蔌館人冀得一宣其勤力而寒士遠僻不足以備鼎俎徒謂溪毛澗藻可以羞於王公而孟浪殊甚惶恐死罪然兒童女子望塵者盍翕然空巷可謂寒谷生暄矣夫以三公之貴不自愛其形勢得從布衣之賤出入山林騶隹木臨清流以適其情趣於王公顧不美哉而議者不然曰是故重山林而輕臺閣踈縉紳而邇寒士者歟不然巍巍廟堂坐而論道不亦尊且顯乎則無所於樂顧獨朝扣東山暮問西嶺于于然而不忍去百官有司龜金組玉之徒抑首巽氣止下風而不敢進不亦貴且重乎則無所於愛顧獨携糟糠之士由由然而不能舍噫衆人之論自以爲知先生而羽固以爲未也夫國有大疑非得鉅公偉人無以釋天下之憂雖有鉅公偉人不使之賛襄廟謨以行其計畫雖有憂世之心無所用此先生所以寓意於山水而耻言時政也百官有司龜金組玉之人止下風而不敢進勢也分也草茅賤夫得以溷其形迹道與義也故曰

漸已不入朱門下幸嗚華閑

上王太傅書

[illegible]頓首頓首

挂國老先生下吏不拜諸者有日殿於牛龠時澗岑終

不能本凡林今撥開朱蒙若蒙遺入端其風亭重堂

恐非罪深山窮谷未書謝王公貴人一日發風濤社

霧而岩草萊以問諸高節者之士也古人之高致於一

今世窮乏也見求以望豈于幾乎以教誨人異得一

宣其動乃也而家士林不足以補鼎推徒謂淺生聞

絲可以善於王公而盡欲來其志承非從求見童文

于堂奉者蓋愈然公卿可謂実公平而夫以三公

之貴不自愛其形勢者從而抑之毀出人山林隱者

本論清而以適其情趣於王公顧不美哉而議者不

然曰是故重山林而輕臺閣觀諸論而顯實士者數

不然鄉黨堂坐而論道不亦尊且顯乎則無所於

樂顧節時東山幕閣西山嶺于然而不恐去百官

[illegible]

[illegible]

而不能全豪衆人之論自以爲知先生而所固以然然

未也夫圓人大於非位公卿人兼以爵天下之以爲憂

[illegible]

[illegible]

時改也百官有司論金組王之人止下於山水而不敢進

寄也分也也尊主毀大得以涵其形迹道與義也故曰

魚相忘於江湖人相忘於道術然山水豈先生之好匹夫豈其必與者哉尊諭圭峰羅公之文云云連兩月怏怏思得一見其書讀其文以快吾懷近得覩于南豪王氏矣簡編浩繁不可盡讀讀其十一字古而辭強如齕金鐵亦佳矣然有不能無恨者羽竊謂聖人不得已而有言故其辭微賢人因言以明道故其說長後之文人通百物叙萬事馳雄辯以各自名家然終不離乎道若羅子文深而意淺詞強而義乖離乎道矣冒昧不自知惶恐死罪專人候問尊嚴草藁一卷并獻下吏伏惟矜照

與劉時服書

某月日再拜時服道契足下士之道相聞業相取生同其鄉又同其事特其遭逢同甘其疾苦如是者屢屢謂之不相知非情也昨者足下既登進士家居深密同游之徒頓判形迹僕心無猜阻微覺其異是無足怪形殊則趣不同也然謂遂不知足下之心則繆矣或者謂足下快意於得第稱病家居休休然氣滿志足田園之樂長廟堂之情薄以傑之私臆決足下之心正不如是也夫士修於家明厥道術時時明哲以奮厥學唯慮用之不獲盡幸而售不幸而不售如是者常相半而不可期必逌其出也非無明明之辟進賢之位而龢違圯曠不足於用如是又相半而不可期必足下逌明而行古才裕而氣溫恥不爲三代之士居董賈之下年未三十幸而連售

明后在上正賢者翺翔之候比以多病告休其心豈
嘗一日忘當路哉或者遂疑云云是以衆人量足下
而非僕之所敢信也且足下痛自力學早夜磨刮餘
十載而蓄積亦良苦矣曾未效其尺寸一舉而弃之
器何止是此固足下之所決不爲僕固得以無疑也
然天下之勢不進則退足下雖乗間暇調攝精神須
道日益明德日益修後學之想望者日益信名聲之
宣揚者日益遠則朋友之光多矣信加敬勉責新第
在婁内甚靜時得舟臥出城與父老見於鄉曲又少
與市塵交甚有利益謄書悖妄無任悚息

荅黄勉之

不意鄙九不見棄於有道之家微辭漫言俱蒙存記

伏讀序文足見胷次磊落文思深長好善如貪不徒
爲鄙淺光吾蘇有人一世之寶好學自許信如尊教
續聞當遊五嶽委僕序行爲事雖勝僕未敢贊成也
夫棄冠裳易名姓去家萬里以遊名山逐飛鳥凌雲
氣高視塵表以空人間方外之士也敢望于吾子乎
方今當局名公與百司之吏日夜焦焦然用求人於
大科鄉里之望屬之吾子與一時之望者不貴苟得
固宜拾高第對　大廷吐露其蘊結以裨世利物夫
學成而遭際有道而獲行於時與長嘯林谷空言無
施者相什百也況君臣之義無所逃於天地事親以
榮人子第一義伏惟俯徇蒭蕘努力高驅若模寫行
色揚高趣僕固能言而未屑也前輩遺耳罪篇一

苜干瀆冒暑一謄便捘草茅早晩拭目

與林職方志道書

僕處吳下聞執事名十年矣但謂高才好古文業過人有中丞風而已去秋到　南都得奉車從再拜下陳明日應召碧峰叨竊連日手札屢報承接音容始知前所聞皆執事之細汪汪大洋未窺其際也竊惟執事天資既異而又有道德文章以爲蘊釀故能養其高明不爲急隘從容折節能修於布衣之人而威容號令不假于爪牙之士江湖之上競忠君報國之心而薄書之間存高山流水之趣凡此皆令人之絕不爲而　執事爲之故未得以窺　執事之際也僕草茅㦬人寡合鮮偶雖當途貴人有念小子非蒙顧眄不敢僭謁然聞時之賢未嘗不欣欣仰慕自奉餘論慶幸無已春初得與令親黃督涇相見於吳門彼此匆匆不曾奉書後讀明水草堂記歎息良久勉之書中亦沭存問旨經古道君子不以庸人遇僕而僕無萬一之報極知罪過執事得間爲道此意也草藁一束竊布醜惡無任汗惕伏惟矜照

與王憲副欽佩書

羽再拜南原憲副執事去歲獲奉示問并書籍知不遐遺感感夫不更契闊無以見相見之不易不處窮愁鬱結無以重會集之樂與執事別六易秋矣恒願一述鄙衷而不能得何顯人非托郵之地寒士無吹毛之力且南北紆長徒切瞻望而已已卯秋至都適

時事警急併居月餘諸公在官交游落漠因思他日得見執事領教益情義慷慨今何如也嘗一造青溪第所謂三槐五柳宛然在門而主人貴游徘徊池館獲侯問千實應朱文學拱之僕與朱同爲門下客而一時仰戀亦同此懷因獲留坐終日繼之以燭漫然有作來教所謂淨香聯句者此也夫以流風餘韻猶起愛慕他日親炙其人三薰三沐於其函丈又何如哉此區區之私契闊窮愁不能自已者也夫河洛中原督學宗主以執事之才之卲握厥機要闡厥道術風俗不足矣賢才不足鑄方今外臺之任無先之者日望馨欬爲吾道賁僕碌碌三十年不克自劾年迫齒暮漸同庸人無足唇挂也獨厲節守道異不爲朋友戮耳豈敢慕虛名棄實行舍已徇人毫髮有累於心哉顓蒙殊甚日望振動臨書無任汗竦

上邵宗伯書

羽再拜稽首上書大宗伯二泉老先生下吏聞道德冐一鄉者一鄉之士宜歸之冐天下者天下之士宜歸之然猶有次且道路連歲月而不進者賤之於貴其勢未易合也故縉紳之家自多者視茅榻恒如草芥枯槁之士自多者視軒冕恒如浮雲斯二人者皆過也羽雖伏處草莽聞大人先生之名久矣道高而德尊經明而行古居家爲孝子居國爲忠臣其學足以成人材其文足以起衰世世之所謂鉅公偉人也夫世之學者得鉅公偉人而親之足以立身薰沐之

足以明道宗師之足以成德業羽雖不足以備使令景仰休光常懷激切故十餘年間謀出門下固未敢希望堂奥昔人所謂一經品題便作佳士者日切懸懸也夫言知則巳明言慕則巳切顧又十餘年間洛且而不進者誠識夫貴賤之分而非敢有所自多也然得大人之階受龍光之賁非徒揖讓爲榮而巳竊有鄙衷因激狂妄宣布下陳伏候俯選自古國家有天下之士未嘗不欲盡天下之才昔王吉以孝廉舉貢禹以明經徵而王貢不相病魏相以對策進丙吉以治律遷而丙魏不相譏故夫漢之人材輻輳並進咸克遠致　國家用舉子業養天下之士拔之以科第選之以辭林甚盛豈不欲盡天下之才哉然老於場屋者或負抱瑟之歎不預翰選者或遺樗散之譏及至登朝則一以科第爲先内選爲重文足以華國才足以立政漫不加省反疾而擯之雖元老上公或云格外之士若凡科目雖經擬鄙貪猶將曲宥觀今之世士有不預科目者雖董賈復生能免於不盡用之歎哉明公先生道兼今古流愛多士無今日之俗者也使　明公處廟堂必能力變習俗處江湖能忘廟堂之計乎顧拙無似率意亂道干犯忌諱惟矜而宥之幸甚

上林司寇書

羽頓首頓首大司寇見素老先生下吏舊歲過吳蒙召見門下忘其疎賤遂沐淸誨遭際倉卒惶恐惶恐

伏見欒餌方書雖在左右而穀食強壯手不釋卷精
神惟裕爲　國私賀竊惟
聖天子想慕大賢堅求舊老三辭不允　温詔愈
激繼以使者敦迫扶疾上道優容異數非飾爲尊賢
之名而已先生初志不獲力疾忘身仰　天眷之勤
居司寇之重亦非飾爲公輔之寄而已
聖天子與老臣之心草莽所知也夫交相得而後心
盡心盡而後功成故子房喜見漢高昭烈得孔明如
魚水千載一時豈易言哉人之言曰太司寇得言刑
罰耳其餘不得盡關厥忠素纫容有所未盡此未足
以知先生也昔皋陶羣聖所宗爲舜士師唐虞之化
皋陶賡歌先生託尊崇

天子虞鄉賡歌獻替眞其時天下事寧有不得關者
哉人之言曰
先朝折繼曉良方危言激論奮不顧身至今誦者毛
竦股栗今得無少衰耶此亦未足以知先生也
先朝孤臣爲社稷除害言不得不力今爲親臣處心
膂同聲相應調笙簧和鼎鼐奚事矯矯耶夫任大者
責周述奇者計重無怪天下之一切歸望也竊聞前
處闈中造就後學有成人材之功後經郡國甄收采
訪有愛才之誠夫成人材愛才宰相事也曩者處間
散能行宰相之事一旦居台輔顧不能用天下之才
盡宰相之職耶今天下之才有科目所不能盡而遺
落草莽者循資以爲無日執途者以爲無地遂使年

貌俱衰功業無成古今以來爲國任事能立大功者豈盡出於少年高第之人耶在天子宰相知不知耳天子宰相之知實難而卒能使之無遺才者必有道也然此非爲鄙人地實天下之豪傑想望於先生而不能者也輙布腹心惶恐死罪

與伍水部書

朋友之義見於久要懽好之勤成於會合何詡詡相親杯酒相接市井之人皆有所合平居謂之死友一旦小有得失臨利見害奮然不顧甚則反相噬奪故不得謂之友僕與　執事窮交三十年無可棄之遐雖有徵逐不外文字之間緩急匡扶無媿大道別離六年而執事不以疎間忘情執事才高遭際連第科

甲令頭尚黑而僕曳裾三十年僅充太學生毛髮巳颯颯然而執事不以浮沉介意是久要之義在也春間聞從者將臨郡計得晨夕薰沐備申離曠甫及按節飛禍頓興遂不獲請事門下而執事惠顧殷勤雖倉卒旅次承德多矣今冬喜奉公再南志在先事儲胥乃疥疾疲薾望江湖而不能濟前日之計恐又沮於今也會合如是何以申此歡好哉然會合之事小久要之義大扆下巽力疾往叅侍天可遂竊惟執事負平當貢禹之學爲水曹之官近者河渠紛紛事須熟講雖所將不同憂國爲民之心一也前者白茅之役大司空爲國家興利奮斷不惑遂建不世之業一勞永定不計小費誠偉誠善然亦多得於天人之助

苟不因天時相地利乘人和未見其濟也今瀆川之役憂在監司監司執事之僚友也平心而熟講之勢獨不得乎今赴海赴江道有遠近稽產賦工冊有情實而道路諠然者弊有所起也夫疏鑿河渠本爲國家興利萬民生福然愚民不見萬世之利先見目前之憂智者曰鑿白茅之阻而百川速浚吳松之尾而東江順事既徵矣愚者曰大害既除小利可緩舊冬力役新冬暫紓茲所以喧然道路也太湖達婁齊孰速於盤門之鮎魚口達江陰孰速於無錫之獨山二水既裕長橋既多門宜不待於瀆川也或謂光福東通瀆川西出滸墅清横塘以納百川修縱浦以向横瀝郟亶單鍔並有成説勢不得已寧失之緩無失之

驟則天人應征科繁碎寧失之輕無失之重則胥奸消民有占田額多而官租不足無阡無陌而居積鉅萬者監司豈知之乎草茅之人不知忌諱惟矜而采之攷得舊詩事屬館下先附請教使途有業亦惟順惠瞻望未及倍增慚懼

與諸楊伯書

羽再拜大尹諸先生大孝士有邂逅一飯而不能忘有累世講厥好者一見不忘必其志趣相投業相取也累世講厥好者非世姻則世交也之二者有其一人以爲難若匪人之於執事可謂兼之矣先君舅丈之顧惠匪人實瓜葛於毋黨而尋盟於從父若匪人之不能忘執事則决於一見也匪人初客秀見執事

學如發釧才如春泉而舅丈方勤劬教授知梧州之后必發於執事既去而思思而不能忘者十三年其再容秀也見執事之遷喬而舅丈已考槃在磵去而益不能忘恨二州相去之邇而取暑卒無由也非薄無似繆溷喬梓一爲名師一爲良友何幸如之執事起家雖遲而登黃甲爲良吏江黃之間稱爲神明籍籍京兆非尋常可比所不足者舅丈之喪差早耳春間家兄往哭匪人適繫考校不獲同事歸而浩嘆無及矣家兄還盛談孝道友義益竦翹仰聞已治葬揮淚東謝而已匪人雖朽鈍嘗荷喬梓知賞豈不欲奮勵出色仰酬知己竟不能濫鄉薦之末今已備數充貢慚負慚負因舍親蔣伯宣行便片楮附問伏惟垂鑒

答陳水部忠夫書

嚮慕道術依稀風韻平生所長而樂且無倦去歲在京獲與貴鄉里凌先生時東游聞執事儒雅蘊藉形迹之外人品甚高謀即日往候從者已上道矣茲所謂有親賢之志而無其緣其恨一也未幾獲與莫子惟誠遊惟誠門下高第僕之南歸又獲聯舟朝夕有孔林岱宗之興使小子若願從而不得已暑月至開河瞻望東泉如蓬萊雪山已落掌握惟誠使黑衣來致命意在汲引然僕已在病中矣所謂無親賢之緣其恨二也雖知嚮慕賁此二恨柰何柰何緣是知人生際會固自有數一臥連月逮今春正始獲到南都

與惟誠相見於國學之門言間忽出遠緘書刻拜領竦汗乃獲捧誦德音手薫芝蘭知大賢之情脫略高遠所謂北道主人豈非厚望誠善誠感然非僕所敢希冀也因便布謝全懿拙辭就呈左右均望鑒納無任惶怖

臨行上少司馬陳公書

門生蔡羽頓首頓首少司馬石峰尊師老先生台座處門下蒙造就無可與比私竊念之覆載不自知其功而萬物亦忘其德無他道大而無所容心也上之於下作之成之保之惜之原其心無爲也下之於上隨厥所造亦各各樹立大小相形資命與時而亦無所報也夫朽儒之質糞土之資宜無可録而委曲造

就逮于悠久亦必感動羽自弘治辛酉得籍門下今爲嘉靖丙戌是三十五年老門生也少司馬策之課之祿之疇伍表之士首稱之當路既去而復顧已敗而復勉俾得列于家人子弟之中不肖不能自奮隨時苟取一第顧淪落貢流歲貢今之所賤也不肖復髮白齒危俛首其中故進不能昵顯人退不敢援英少雖天賦庸懦踈於人事亦慮爲所藐也少司馬進之不已遇之愈加至于顛沛阨塞亦手援而卵翼之夫施之者不怠而報之者漠漠誠無所肖惟仰諸覆載而已若爾則豈意於報亦豈容於報哉竊又有啓不肖自居京以來動靜尊師積誠遇物情曠神怡恒若無事履道會福自然之理然三載之間四理婚務

經紀内外不免損神雖天相有素而恬養之道不可不盡此爲國爲民之計非不肖一人之私也玆當拜離不勝惓惓輒敢布下吏伏惟埀覽

林屋集卷之十七

絕紀內外不逸損神雖天相有素而諸養之道不可不盡此為國為民之計非不由一人之私也然當拜雖不勝怵惕輒敢布下吏伏惟聖覽

林屋集卷之十七

林屋集卷之十八

山人蔡羽著

四客贊序

左虛子晨坐寒齋客以技見者四人端溪石君絳州玄卿中山毛子會稽楮生子曰客不厭余寒乎山枯水結萬物潛矣良苦相從欲有爲乎未幾石君披玄卿耀毛子運肘楮生展矣主人欣動含氷而濡倏然成章子曰異哉予之不欲言也四子啓之時方慰藉子復勤之世厭寒士子復親之古稱歲寒之友若四客者真其人也昔韓昌黎嘗爲毛子作傳而三人連引無特筆故毛之名獨著余不敢沒客之功請各爲贊

石君贊

峨峨比巘硬綠結丹秉德溫良資理文翰居則爲咢列則爲敦縈則爲帶肹則爲目膏以瑆池煙以紫谷奉以髹函拱以梓牀啓處安貞薦用馨香開我鄙吝助我輝光我有利鈍子無巧拙進道自艱砥砺不輟徵是玄田孰耕我業嗟嗟歲寒烱烱休烈

玄卿贊

子墨客卿龍腦金精玉屑成丹璘貝含英凝脂渥膏肌理神　明鳥迹篆書於古孰肖麗藻雲章於今孰耀豈曰無思研幾入道書空寐寞晝灰蕭索資爾玄化助我筆削塞白盍愆綠朱示鑠几席馨香陋室煌煌吐氣爲霞漬汗成祥載濡載染流傳四方

毛子贊

發穎中山截管崆峒長材疏暢世侍禁中免冠受事人避厥鋒予欲無言予舌亹亹摩挲萬狀納言納史賦工量能先意承旨紀過欲訥紀功難忘孰瀉辭源孰騁藝場含朱飽墨滴露凝霜或舒或疾視台腕力或工或拙盡爾之職握予玄機暢予春色

褚生贊

剡藤敷芬蜀楮明潔溪春瀨曝鋪霜疊雪上充貢幣精劾玉札輕肌練質羣族好張素者受采劣者包藏生獨親賢束身文房蔚爾縠紋炯爾膩理欣予啓予晨草盈几欲致千里三緘得已萬言頌聖封事告公表我寒素高高可通道光不滅伊誰之功

遺安馬翁贊

節義一也義之旌獨鮮未得其人也邑人遺安馬先生之行精白無媿矧其他義舉復多是舉也撫按郡邑群公之議無間于里黨可謂不負朝典矣書曰旌別淑慝表厥里宅所以勸風俗也爲吾邦賀顧不大哉贊曰

維脩惠德維惠昌澤僉滙于成用斂厥錫一夫屹屹載培載植一傅有徽偉兹賢息爲麟之趾端我王國再傳有徽珙璧競出溢于河庭紫貝三百重孫仍仍光躍秀集凡此馨香上逮于公群公至喜寵彼懿風列聞于廷休典來崇勸之用優風化冀同蔚蔚葱葱集于新

宮邦人慶舞來酺來饔顧翁長生表我域中觀于
王化罔有迄終

天樂翁傳

莫羣峯在洞庭東世稱東洞庭前古未有顯達徙聞莫里將軍蔡經枊毅之事自宋之南名家華胄深計避難始思兩山衣冠圖籍多終于丘壑歷元逮今二百年而大發會逢　國家養育天樂吳公實應期先出天造厥資不煩磨礪磊落英爽之氣施于政事章于翰墨位雖不究炳於時矣厥後施先生槃得　賜狀元及第賀先生父子憲臺王文恪公遂登臺閣文師一世緯矣盛矣有由然也公之子鳴翰先生文章華膽同時鮮偶因公傳著來歷焉

天樂翁姓吳氏名惠字孟仁永樂二十二年進士由行人歷官至廣東右叅政初公年二十未業舉子給賦長邑中隨其丞督米　京師在途日歌詩自得丞奇之歸言令令召與語益奇之舉充吳庠生治尚書庠生以爲朴也故爲漫戲舍中不得夜讀公晝則莊坐嚮之夜匿火俟人靜起讀如是連日戲者去踰年而領鄉舉明年登進士爲行人兩洞庭舊無進士有進士自公始在朝喜言事出使見有不便歸即奏聞同時以爲非職多難之公言如舊嘗同給事中餘姚舒某使占城國占城道海七日忽颶作舟危者屢舒不知所爲被髮惶哭以爲必死公色不動自爲文祭海妃有頃颶巳以絶域有勞進八級陞桂林府知府

桂林好競渡殺人獄連年不决公至則盡解縱其俗不得復競渡義寧洞蠻結湘苗爲亂三司方議征進請于　朝公往止之曰義寧吾屬也請自招撫不從而征之未晚乃從十餘人肩輿入洞洞絶險山石攅起如劍戟華人不能置足徭人則騰跳上下若飛聞桂林太守至啓于魁得入公告曰吾若屬父母欲來相活無他衆唯唯因反覆陳順逆其魁楊感泣俯公數日歷觀屯堡形勢數千人衛出境殲羊豕境上公曰善爲之無遺後悔數千人皆投刀拜遂不反歸報三司三司罷兵明年武岡州盜起宣言推義寧洞主爲帥三司咸罪公公曰惠主招撫三司主征蠻夷反覆吾任其咎復遣人至義寧義寧徭從山頂覘得

公使具明武岡之寃三司大慚武岡盜因不振義寧人德公如父母迄公之在桂林無敢有騷竊境上者在郡十年囹圄空虚庭草長丈獄吏無事遣較諸州倉粮吏部考天下太守第一例陞正三品無缺陞廣東參政食實俸正三品時柳夷覘廣州守將撤軍遠出襲城下公選丁壯出城奮擊殺獲頗多公貌不逾中人而有膽氣臨事不惑故所向有功然愷悌誠信人自親之無顛沛也天順某年致政所得俸悉以分宗人囊無餘資居官三十年唯舊田廬待鄉人不爲畛畦號天樂道人使占城所　賜一品服致仕時時服之出入山林往來僧寺人見其坦易樂携酒與飲公亦不辭還爲之醉醉輙草書數幅散同遊去天順

某年月日卒于家子鳴翰承翰鳴翰人品豪俊爲文章精絶詩秀尚音律嘗曰吾文有金聲吾詩唐正音也善小楷行狎平生有長律數百篇皆親書盡爲人持去無稿雖不獲第特少其與王文恪家居嘗惜其才誦其詩以爲平生益友山中有文實昉于鳴翰承翰爲人伏義謹於事兄不私其財愛翠峰寺悟道泉日累茗嘗之曰此陸鴻漸未喻也因沒以餽名人悟道泉有名自承翰始贊曰吾母爲天樂翁第五女吾生不及見公吾母時時語翁不畏死不愛錢財父子皆能武藝而有文章名眞偉人也使占城童客春農吾年十歲及見之云海舟遇颶有一大山石擁出如刀戟隱隱殊多人狀去舟里許祭訖而風迓占城國

小土城秉畀者持竹槍其主坐馴象郊迎既見疾入衛卒兩行雕結跌地三伐鼓乃享使其人極弱夜鼓以十更爲率絶域不懼可以不媿古良使矣

景范先生傳

先生姓馬氏名紹榮字宗勉慕范仲淹之爲人號景范世爲蘇之常熟人父公遜先生生而穎秀初爲周氏子以毛詩登天順壬午科鄉舉明年試禮部春闈灾不第嘗師事淞江錢學士溥因主錢氏塾錢公
憲廟舊學也　恩遇異重方
英廟駕危人情不寧一日中貴人王某携酒過錢公王與朱奎同侍　東朝皆錢公弟子錢公旣僚長人日爲儲相當路冀東朝一出必奪巳位而三人一日

飲食相聚乃置偵於酒間莫之覺也酒終而難作明日三人詣獄中以飛語朱奎地畢備楚五毒初貴人之來錢命先生主酒先生力辭當是時荷側坐刑在先生矣獄久不解客有自墻外投聲者書曰此公少之也足下如何不見幾先生私念曰少抄也豈遂籍錢公耶荷有之塾師不坐講誦自如錢公夫人令人來致詰答以他故未幾公得貶爲令南方方公在獄妻子不知所爲家人履屩檐鐙視先生爲去留一擬足無其家矣時人服其長者錢公既去乃主陸郎中杲成化元年與周浩汝訥李應禎吳璠試書中選預脩　英廟實録授中書舍人某年入　內閣十五年陞吏部驗封司員外郎陳情復姓得告還蘇弘治元

年取脩　憲宗實録二年陞山東左叅議四年以實録功陞太常寺少卿初先生爲中書封周氏父母及爲員外郎封馬氏父母爲少卿又益封凡三封二姓父母前後夫人所得誥章十五軸爲人勤敏　憲宗朝嘗有急敕夜宣館中館中人人醉惟先生得奉詔簪筆上殿書麻稱　旨同官得無究明日諸公皆賦詩賀爲官三十年以清謹聞雖屢遷外階必居　內閣嘗一署尚寶司事未幾即還與永嘉姜立綱同僚最久並以能書名姜善子昂先生善宋克爲一時宗其陞少卿也立綱以出身布衣不得齊官諸老憐其年深曰不益馬君徹姜君地柰何先生聞之往告曰願損一級與立綱齊故馬得太常姜得太僕姜拜曰

吾固不能窺君際也弘治十四年卒于官　上遣禮部主事儲秀營葬蘇州府知府諭祭于家墓在吳縣楞伽山下

贊曰海瀕布衣遊于阿閣操麻咀毫餘三十年亦貴酣酌不隨不揚妥職各各吁嗟吾舅清風一回田廬寂寞

雙溪子傳

雙溪子姓陸氏名暉字啓陽洞庭涵峯人也昔陸樟南有克肖子五人同居治生仗禮法集事啓陽其嫡汝重之子穎悟端慤少學詩學書輙成家然繼五父而起昆季中又殊長五父有所議必屬啓陽諸季有所創必資啓陽啓陽自以無日亦微學俛首於生其

鄉人多客楚聞談雲夢洞庭事一日乘舟入洞庭沅湘幾盡長沙久之思返曰南遊踰巴陵客亦迂矣堂上人老敢離養乎即迹不出湖山洞庭俗舊厚不省城市紛華形勢甘凉泊後日下輕者務奔走識姓名者尚黠負氣者尚鬬以相傾也啓陽為人孝友善下力挽厥俗里中不平衆譁不已則持默良久數言卒妥妥前後輩咸信服狡獪曲折多為包容久乃盡死年五十益識分限自沮自愛二子皆立則日從文字詩篇日富飲能多而不亂余從弟愽主陸外傳問傳啓陽詩詩多溫縣家無巨細必持盼度然無疾言遽色人自憚之勤而簡詳而克裕履信如朝饔夕飧可謂有恒矣以居有兩水之滙晚稱雙溪子弟愽云左

虛子曰有山谷者敦朴忍欲易於立德陸氏之先篤然至啓陽濟以文學虛心不伐人益信之古之耆德爲天子脩孝弟教鄉里其功與在位者同故天錫之純嘏考槃在澗啓陽庶其儔乎

落魄公子傳

吳文定公兄弟三人其季元暉生子名奕字嗣業元暉蚤喪嗣業秀而弱文定居京師弗能從獨與母處讀書隨俗亭年二十不以見四方之士然四方賢士譽吳公子者日益衆矣嗣業不喁喁以偷不劬劬以隘不提提以柔從不孑孑以獨立處乎濁世而翩翩乎其有能也置之杯酒而悠悠乎其不荒也故謂之落魄公子云文定愛之篤每宦客南來必訪嗣業

食飲顔色竟以心疾廢進士業方文定居喪位盛門不受謁炎熱者求親于吳公子無所不用其心嗣業則深屛宴息開影翠軒築紫釣亭日招高人高人至不謝而入坐定飲茶賦詩復不謝而去炎熱者不得間然吾文定書枕精籍學至堂無虛席常避客東禪竹堂東禪竹堂爲開竹林煑茶爇香若不遑他務其煑茶爇香之法吳僧無不傳咸謂之茶香先生眉目疏秀神亦朗望之如神仙而貴不可溼樂爲布衣文定旣沒炎熱者又去而之他嗣業則蕭然東庄之上矣前嘉木環渠隱岡賦詩啜茶僧來自如釣而飲飲而歌布素之高無少貶挫可謂炎無所得涼無所失矣嗣業事母孝交朋友有道一時名人與深相得弟

兄婚姻咸篤恩義處家律身無或芬華其堂即封君之廬三世無所加正德丁夘毋夫人喪之明年其弟祠部君暴喪連哭至親遂病不起是冬卒子二人伉雉

贊曰泉不自知其清味之而愈長蘭不自知其芳臭之而愈香温其君子遁迹韜光生不爲用死而彷徨山虚其巢水虚其釣竹無主人借我言笑雲兮月兮悠悠我照

廬州霍山縣李侯去思碑

維廬屬邑維霍山新造大者漁利譎者負奸教事未備城郭未完風俗未一盜賊乘虛維霍人之患維正德某年東莞李侯希説由進士服命尹霍歲屬旱魃

時艱荐仍侯以廉勤之資天贊才猷不遑夙夜敷賁群功清塘堰正版籍豪奸斂手利公于民從賦平矣建樓櫓選丁壯捍患有方良民休矣毀淫祠作書院立五社勸禮讓克悊克勤民知向矣侯曰未也政無大于學校爰作雲衢坊躍龍門鄉賢祠爲圃以教射開廣泮池爲臺池中築亭其上以廣游息費方會興不資公帑勸金賦工庶民子來以廬之望隣封困旱連歲告饑而侯禱雨得雨禱疫得免由是霍令之賢方千里内譽不容口名聲大發聞于諸衙　命憲臣諸衙命憲臣争先奬薦不逮三年

天子徵爲司農主政於戲牧民之道得民難獲于上尤難獲于鬼神尤難李侯三難不謀云具嘉靖三年

冬侯去爲司農載踰年矣霍人思之不置南國子劉子駪梁子金以幣走隣房屬文于濟陽蔡子曰霍民欝欝不能宣侯須子宣侯于石蔡子却其弊請其實爲書以徵令之賢且以著霍人之不背也乃作詩曰
侯之未來稼有蝥賊迨侯至止嘉蔬秩秩侯之未來利入私門迨侯至止破町剖藩侯之未來外寇憑陵握槊不輟迨侯至止室家胥悦侯之未來孰脩筌鏞孰旣泮功迨侯至止上庠雝雝民綏侯廉貪者吐嗜悍者率先厥化恬恬民綏侯仁頑者知字薄者知親丕哉允新厥猷著聞奬論紛紛朝野旣一服命策勛徊良旣徵攀號無力瞻彼甘棠憂思孔集噫彼求賢奪我父母於彼自多於我則否爰作是詩爰藉黃叟爰宣爾懷爰寄不朽

先考橘洲府君先妣吳孺人行狀

高祖長一府君諱原德字吉甫

曾祖貞四府君諱敬字仲簡

祖煥一府君諱貞字桂芳

父西巖府君諱昇字景東　誥封温州府同知

府君諱滂字時清號橘洲

孺人諱庭吉

蔡姬姓以國爲氏周武王始封蔡叔度成王復封蔡仲胡皆侯爵都上蔡蔡仲十八世爲平侯徙都呂爲新蔡厥後子孫散處梁衛燕之間而梁之陳留最盛世稱濟陽蔡氏秦之時澤以客卿相昭王漢有義通

韓詩相邸帝厥後質邑譔鄘與宗顯仕漢晉劉宋皆
陳留人宋有源字世洪爲秘書郎亦自陳留之大梁
南渡居杭子太伯居吳之洞庭山府君寔秘書公十
四世孫也父西巖以子貴 封温州府同知母徐氏
封太宜人一母五子而府君最季仲簡桂芳之世家
累鉅萬桂芳没西岩弱冠兄博士公既游宦食指尚
千西岩雅好問學尚義舉厥世中徵命長子濛業春
秋餘子治生產濛卒以春秋起家爲温州同知陞辰
州南寧知府當是時蔡之詩禮風動邑里蘇郡守聞
其名請預鄉飲奉以上賓惟恐不至西岩作婚喪亭
著太湖志四方高人賢士日集令府君師事慈溪王
伯源學詩辭句清新府君大參天樂公之壻天樂適

蔡氏愛其秀敏固令業伯原毋暫離後竟以治生廢
業然府君在諸父 中獨能書葢天資也爲人坦夷長
裾深揖施於鄉人最下者不略見崖岸故天樂謂之
無心道人其會計最精而取與當屈折諸兄有所徵
恭順不暇其析居也諸兄咸選上第遺以弊廬荒圃
府君克自成立不爲慍業亦徐徐就西岩之卒也鄉
里澆頑訟鬬日起諸兄弗堪請折其角府君以吳孺
人之相不爲較含垢包羞狡獪屈服賢愚皆愛之雖
兇憸人不忍加害築業里西樹木奴千頭建亭其中
號橘洲處士年三十八卒于家孺人姓吳氏世居東
洞庭之岱心灣岱心之吳其來葢久至天樂始大發
初兩洞庭未有登進士者吳公一出世以爲冥譚歷

仕行人桂林知府廣東參政食實俸正三品天樂之
爲行人也與夫人周氏居　京師孺人生于　京師
其守桂林也十年有畸孺人隨居桂林自爲女子性
已絶慧天樂偏愛之晨饌未輿必覆以屬其讀書一
覽見大義經書子史無不曉天樂自以與參俱有望
族之稱故孺人適橘洲方是時徐宜人內政嚴諸娣
姒晨朝動以義門鄭氏爲諭孺人從祭祀治賓客漿
酒豆籩事每香潔退而推巽讓饌七箸之間必有繩
度姑姒愛之婢子憚之府君之爲恭益樂以裕孺人
長府君八年府君沒孺人年巳四十六惟一子一女
疾革府君曰明經教子夙心也今汝寡而子孤事且
巳乎孺人曰敬守治命自府君之沒十有一年而孺

人卒銖兩之積盡費於教子厥子羽又好嬉而難教
孺人每晨起閉門焚香端坐讀古經史欲以感動羽
羽嬉益甚至十三四尚走狗羅雀迨暮始歸孺人又
於燈下誦詩羽初若不聞久久廼悟然後執大義還
相訊孺人爲解疑辨惑老師不如也其守節勵行真
有若鐵石久之愈嚴親黨往來未嘗敢輒爲戲言人
有詖行未嘗直視至羽不可誨動以涕泣相諭而已
於戲孺人巳沒而羽老無成不孝之罪何敢望赦府
君生於正統乙丑七月十三日卒于成化壬寅五月
十四日春秋三十八孺人生于正統丁巳十二月十
一日卒于弘治癸丑八月十七日春秋五十七子一
人即羽今爲太學生娶太常少卿馬公女女一人適

徐濤孫男一人曰學禮聘朙氏孫女一人適蔣暉外
孫男一人曰徐緋今爲郡庠生不肖男棨羽泣血著
門人王寵塡諱

明故遂安知縣　贈刑部主事景陶張公
行狀

高祖樂常府君諱佐
曾祖顒寧府君諱億之
祖橘巷府君諱衎
父道光府君諱廷輝母陳孺人

張氏世爲蘇之常熟人郡四姓之一也三吳之張布列種種其在常熟者至今爲儒宗自佐常以前不暇論如佐常則篤行君子也名聞一時順寧公五子其

季曰衎爲支塘蔡氏館甥生廷輝曰家支塘廷輝配陳孺人寔生公于支塘里天資瑩秀自幼克樹以讀自樹族人有以戎事相陵者公破其産去居崑山之后浦益業書遇夜無膏或對月讀達旦領成化辛夘鄉薦游南太學時晉陵王文肅爲大司成聞公履篤特偵之一日三召公三至益信公履篤由是名聞公卿三原王莊毅公時撫南都少參方公家居同邑大參周公爲什人各遣子來執經今少司徒天與王公憲臺都事方時中山西方伯周光宇是也未幾三原公爲冢宰或曰盍往請内除可立得公曰有命冢宰公亦無所狥竟拜嚴之遂安令衆益歎曰微公不不累王公微王公不高公邑有豪黠坐法負其黠累政

不治公至一載之以法豪縣誣公奏詔獄按察使得
豪縣誣公詔獄白出之由是邑中歛迹民苦夏旱十
年禱無應公至先禱以政晝朝於神夜必顙於私第
雨輒至邑不夏旱迄公政歳不復饑遂安人自洪武
開科進士止二人公曰育材令識也爲擇子弟迎師
教之有余録者方九齡亦預選數年登進士人服公
知人在官清苦不事苛細有譙樓壞吏請改作不欲
取于民捐俸改作至法可以利民則不憚致力嘗條
便宜上巡按御史吳道夫吳取通行浙邑同知金華
某清戎蘭湯責里胥隱匿胥苦刑掠用山水草木詭
編戶二邑患之訴當道公直其事蘭湯得無詭編分
水令與同教數相毆公承委往按見公詞色即皆慙

服在官九年民戴之眞若父母推恐其去至隣邑咸
來歸戴當道書最曰公論協循良之譽斯民有去後
之思竟以父母年高不待擢致政家居衣踈卧藁氈
好一不入於心廬舍無所加新自號景陶景陶事父
母克敦色養處兄弟詳友愛獨不善治生介介而貧
雖四壁蕭然而手不釋卷是其樂也鄉人乘其乏請
以田附貫緩厥力征景陶笑而不許平生好吟吟亦
富然屬藁輒焚之曰適一時趣無以傳也配沈孺人
初景陶以詩起家及授諸子各占一經授諸孫又各
占一經年彌高講課不衰正德巳卯子京安方第應
天明年庚辰某月日以疾卒于正寢享年八十一其
生以正統庚申某月日子男三人長善徵邑庠生娶

錢氏徐氏次即京安登嘉靖癸未進士今任南京刑部主事娶陳氏次明揚娶顧氏孫男四人文華庠生娶曹氏文亨娶蔣氏善徽出文元庠生娶錢氏京安出文祥明揚出孫女四人初葬支塘兹卜嘉靖五年十二月某日改厝山宅澱灣伏見景陶公稟靜出于天性而守道不變以終其身誠難得之士也既卒而子登進士官法曹不逮三年贈如子官沈孺人封安人天還善人亦著矣子孫繁秀其慶方來葬用志例以狀先列如右

林屋集卷之十八

77137